*Es gibt Wahrheiten
zwischen Himmel und Erde,
die einfach unfassbar sind.*

*Nur wenn man sie in
eine Geschichte kleidet,
kann man zumindest einen
Zipfel von ihnen ergreifen.*

Josef F. Justen

Der vorgeburtliche Entschluss

Wie zwei Seelen sich im Erdenleben wiederfanden

eine spirituelle Erzählung

Josef F. Justen

Der vorgeburtliche Entschluss

Wie zwei Seelen sich
im Erdenleben wiederfanden

eine spirituelle Erzählung

Bibliografische Information
der Deutschen Nationalbibliothek:
Die Deutsche Nationalbibliothek verzeichnet diese
Publikation in der Deutschen Nationalbibliografie;
detaillierte bibliografische Daten sind
im Internet über dnb.dnb.de abrufbar.

Titelfoto: © Foto auf pixabay

Herstellung und Verlag:
BoD – Books on Demand, Norderstedt

ISBN: 9783753441702

Vorwort

Wer von uns hätte nicht schon des Öfteren etwas erlebt oder erfahren, was ihm völlig unerklärlich und bisweilen sogar höchst merkwürdig erschien. Das, was einem da widerfährt, kann unangenehm, aber auch äußerst erfreulich sein. Zu diesen Begebenheiten kann es auch gehören, wenn wir erstmals unserem späteren Ehepartner oder besten Freund begegnen. Oftmals war eine ganze Reihe von Voraussetzungen nötig, damit es zu diesem Treffen kommen konnte. Auch kommt es doch häufig vor, dass wir uns sehr für andere Menschen einsetzen, ohne genau zu wissen, warum wir es eigentlich tun, ohne dass es dazu eine äußere Notwendigkeit gäbe.

Im Normalfall versucht man erst gar nicht, der Sache auf den Grund zu gehen. Man nimmt es hin und glaubt, dass es sich eben um *zufällige* Ereignisse oder Begebenheiten handele, für die es keine Ursachen gäbe.

Im Weltensein geschieht aber niemals etwas, für das es keine Ursache gibt. Einen Zufall gibt es nicht! Allerdings sind diese Ursachen verborgen, so dass wir sie nicht mit unserem gewöhnlichen Verstand zu erkennen vermögen. Oftmals liegen sie in einem unserer früheren Erdenleben oder in dem Leben, das wir zwischen zwei Inkarnationen in der geistigen Welt führen.

Schon seit mehreren Generationen bewirtschaftete die Familie Lemaire ein stattliches Bauerngut im Norden Frankreichs, nahe der Stadt Lille. Es war der größte Hof weit und breit.

Gegen Ende des 17. Jahrhunderts schloss der älteste Sohn, Henry Lemaire, die Ehe mit Amélie Boucher und übernahm das elterliche Anwesen. Da die Familie recht wohlhabend und ziemlich einflussreich war, kauften sie sich frei, so dass sie von nun an keine Abgaben mehr an die Obrigkeit leisten mussten.

Aus dieser Ehe gingen drei Kinder hervor: Im Jahre 1702 wurde ihre Tochter Madeleine geboren. Zwei Jahre später brachte Madame Lemaire Zwillinge zur Welt, die auf die Namen Jacques und Claude getauft wurden.

Schon in ihrer Kindheit waren die Zwillingsbrüder unzertrennlich. Auch wenn sie in vielerlei Hinsicht recht verschieden voneinander waren, so verband sie ihr ganzes Leben lang eine tiefe geschwisterliche Liebe. Zwischen die beiden passte – wie man heute zu sagen pflegt – kein Blatt. Sie halfen und unterstützten sich auf allen Ebenen. Dagegen war ihr Verhältnis zu ihrer Schwester ein wenig unterkühlt.

Als die Brüder 22 Jahre alt waren, starb der Vater. Somit war klar, dass Jacques als Erstgeborener das Gut übernehmen würde. Da er seinem Bruder aber so gut gesonnen war, beschloss er, das Anwesen zu teilen. So wurden aus dem einstmals riesigen Hof zwei Höfe, von denen aber jeder noch groß genug war, um reichliche Erträge abzuwerfen. Jacques übernahm die eine Hälfte des Gutes, Claude die andere.

Etwas später starb auch die Mutter.

Claude heiratete im Jahr darauf die 18-jährige Jeanne Lecont, die ihm kurze Zeit später eine Tochter schenkte. Julie sollte das einzige Kind bleiben.

Sein Bruder und seine Schwester fanden nicht den Partner fürs Leben. Beide blieben zeitlebens unverheiratet. Madeleine lebte bis an ihr Lebensende auf dem Hof ihres Bruders Claude, wo sie sich als Magd nützlich machte. Claude war in seiner spärlichen Freizeit mehr mit seinem Bruder als mit seiner Frau und Tochter zusammen. Mit Madeleine sprachen die Brüder im Grunde nur, wenn man beim Essen zusammen zu Tisch saß oder wenn es wegen der anstehenden Arbeit notwendig war.

So gut die beiden Brüder sich auch verstanden und so sehr sie sich schätzten, waren sie doch in ihrem Charakter und ihrer Gesinnung recht unterschiedlich.

Jacques war ein nüchterner Pragmatiker, der nur an das glaubte, was er mit eigenen Augen sehen und verstehen konnte. Mit Religion konnte er nicht viel anfangen. Er gehörte zu den wenigen Menschen in der damaligen Zeit, welche die Kirche eigentlich nur von außen kannten. Bestenfalls an Weihnachten konnte er sich hin und wieder überwinden, das Gotteshaus zu betreten. Die Kleriker standen bei ihm in keinem guten Ruf. »Die erzählen viel dummes Zeug. Da sie uns das Geld aus der Tasche ziehen wollen, drohen sie mit dem Teufel und der Hölle«, sagte er jedem, unabhängig davon, ob dieser es hören wollte oder nicht. Wenn die Wut auf die Pfaffen mit ihm durchging, gab er seinen Bediensteten sonntags nicht zum Kirchgang frei.

Man kann nicht sagen, dass Claude tiefgläubig gewesen wäre. Dennoch war es ihm und auch seiner Schwester Madeleine stets ein Bedürfnis, die Gottesdienste zu besuchen. Auch pflegte er, regelmäßig in der Heiligen Schrift zu lesen. Im Gegensatz zu seinem Bruder war er sogar davon überzeugt, dass ein Mensch nach dem Tod weiterlebt. Wann immer sein Bruder ihn fragte, wie er sich ein solches Leben vorstelle, konnte er jedoch keine präzise Antwort geben, was Jacques meistens zu einem spöttischen Grinsen veranlasste.

Jacques war seinen Bediensteten ein strenger Herr. Er verlangte ihnen vieles ab. Wenn sie nicht die erwarteten Leistungen erbrachten, konnte er wie ein Rohrspatz schimpfen. Überhaupt war er ein rechter Choleriker, der schnell ausrastete, wenn andere Menschen ihm auf die Nerven gingen. Nur sein Bruder bekam von diesen Wutanfällen nie etwas ab.

Claude war ein eher ausgeglichener Mensch, der nicht so leicht aus der Ruhe zu bringen war. Auch seinen Bediensteten gegenüber verhielt er sich viel anständiger als sein Bruder. Dennoch kann man nicht gerade sagen, dass er ein Gutmensch war.

In einem Punkt waren sich die beiden stets einig. Sie mochten es gar nicht, wenn Bettler oder Hausierer auf ihrem Grund und Boden erschienen. In der Tat lebten in der Gegend sehr viele arme Menschen. Da bekannt war, dass die beiden Brüder einigermaßen wohlhabend waren, kamen immer wieder einige zu ihnen, um etwas Essbares zu erbetteln. Doch sowohl Jacques als auch Claude ließen sich nur selten erweichen. Meistens jagten sie die Bettler vom Hof, ohne ihnen eine milde Gabe darzureichen. Wenn sich diese nicht so ohne weiteres vertreiben ließen, hatten sie auch keine Skrupel, sie mit einem Knüppel zu verjagen.

Claudes Tochter Julie war schon in ihrer frühesten Kindheit recht schwächlich und häufig krank. Als sie sieben Jahre alt war, bekam sie hohes Fieber. Alle Bemühungen, das Fieber zu senken, schlugen fehl. Drei Tage später starb sie.

Im Rahmen der Grabrede sagte der Pfarrer: »Wenn ein so kleines unschuldiges Geschöpf stirbt, so nimmt Gott es sofort zu sich in den Himmel. Es wird dann ein kleiner Engel.« Julies Eltern empfanden diese Worte als Trost.

Jacques, der schon während der Rede unübersehbar seinen Kopf schüttelte, polterte anschließend: »Was erzählt der Pfaffe da für ein dummes Zeug! Es gibt weder einen Himmel noch gibt es Engel. Wenn ein Mensch stirbt, so ist er einfach weg!«

An einem Spätsommertag im Jahre 1736 stellte Jacques fest, dass es in seine Scheune hineinregnete, weil das Dach undicht war. Jacques war ein Mann der Tat. Auch wenn er seinen Bediensteten sehr viel abforderte, war er sich nie zu schade, selbst mit anzupacken, wenn es etwas zu tun gab. So kletterte er mit zwei Knechten auf das gut vier Meter hohe Dach, um es abzudichten. Da es durch den Regen auf dem sehr schrägen Dach recht glatt war, rutschte er aus, verlor Gleichgewicht und Halt und stürzte auf den steinigen Boden herunter. Er verlor sofort das Bewusstsein.

Da er schon mit einem Bein die Schwelle des Todes überschritten hatte, sah er plötzlich etliche Bilder seines Lebens. Sämtliche Begebenheiten, sämtliche Szenen seines bisherigen Lebens, das dem Ende entgegenzugehen schien, sah er in allen Einzelheiten. Dieses Phänomen ist ja heute durchaus bekannt. Viele Menschen, die schon als klinisch tot galten, berichten von dieser Lebensrückschau.

Doch Jacques' Lebensuhr war noch nicht abgelaufen. Claude ließ ihn sofort in sein Haus tragen und rief nach einem im Dorf sehr geschätzten Mann, der in der Heilkunde recht bewandert war. Dieser eilte unverzüglich herbei und versorgte die Wunden und Knochenbrüche, wofür er sich mit einem stattlichen Sümmchen entlohnen ließ.

In den nächsten Monaten kümmerte sich seine Schwägerin Jeanne in aufopferungsvoller Weise um ihn. Mit viel Geduld und Liebe pflegte sie ihn gesund. Eine Zeit lang hatte es den Anschein, als wäre Jacques durch diesen Schicksalsschlag ein wenig milder geworden.

Es dauerte fast ein Jahr, bis Jacques richtig genesen war und wieder seinem Tagwerk nachgehen konnte. Ja, er war wieder ganz der alte. Damit ist nicht nur gemeint, dass er körperlich voll belastbar war, sondern dass er auch wieder schimpfte und polterte, wenn andere Menschen nicht seinen Erwartungen entsprachen. Die Milde hatte nicht lange angehalten.

An einem Wintertag im Jahre 1741 hatte Claude etwas im Dorf zu erledigen. Das Dorf lag nur etwa zwei Kilometer von seinem Hof entfernt. Allerdings verlief dazwischen ein kleiner Fluss. Daher musste immer ein erheblicher Umweg bis zur nächsten Brücke in Kauf genommen werden. Nur im Winter, wenn der Fluss zugefroren war, konnte man ihn problemlos überqueren und so auf direktem Weg ins Dorf gelangen. Auch an diesem Tag schien nichts dagegen zu sprechen, dass er den zugefrorenen Fluss überquerte, um sich so eine gute Viertelstunde Weges zu ersparen.

Als er etwa die Mitte des Flusses erreicht hatte, vernahm er so etwas wie eine innere Stimme, die ihm riet: »Gehe nicht weiter! Kehre um!« Claude war zwar etwas irritiert, ging aber weiter. Dennoch ließ er jetzt größte Vorsicht walten. Ganz langsam setzte er einen Fuß um nur wenige Zentimeter vor den anderen. Plötzlich merkte er, dass das Eis hier in der Mitte des Flusses immer dünner wurde und schon ein wenig brüchig war. Sofort kehrte er um.

Wäre er in normaler Geschwindigkeit weitergegangen, wäre er gewiss eingebrochen und höchstwahrscheinlich ertrunken.

Claude war im Grunde seines Herzens ein durchaus anständiger Mensch und treuer Ehemann.

An einem lauen Sommerabend im Jahre 1746 saß er allein vor dem Haus und labte sich an ein paar Bechern Wein. Als er in der Nähe der Scheune eine seiner Mägde sah, gingen wohl die Hormone mit ihm durch. Er verlor die Beherrschung und schnappte sich die Magd, zerrte sie ins Heu und vergewaltigte sie.

Am nächsten Tag, als er wieder nüchtern war, tat ihm das unendlich leid. Er bat die Magd, die ihm gar nicht einmal böse war, um Verzeihung.

Wenige Wochen später war nicht mehr zu übersehen, dass er die junge Magd geschwängert hatte. Claude hatte die Befürchtung, dass seine Frau und die anderen Leute auf dem Hof und im Dorf davon erfahren könnten. Da er um seinen Ruf besorgt war, sah er keinen anderen Ausweg, als die Magd vom Hof zu jagen. Er gab ihr noch etwas Geld mit auf den Weg, damit sie sich eine Zeit lang durchschlagen konnte.

Sie fand später Unterschlupf auf einem anderen Hof in einem anderen Ort. Hier war sie aber nur geduldet und fristete bis an ihr Lebensende ein trauriges und tristes Dasein.

Claude war bewusst, dass er eine große Schuld auf sich geladen hatte. Bis an sein Lebensende wurde er immer wieder von Gewissensbissen geplagt.

Eines Tages im Jahre 1753, als Jacques gerade in einem Wirtshaus war, stürzte ein Mann auf ihn zu, beleidigte ihn heftig und schlug auf ihn ein. Jacques setzte sich zur Wehr und streckte ihn mit einem gezielten Faustschlag nieder, wodurch dieser zwei Zähne verlor. Daraufhin zeigte der Mann, der als stellvertretender Ortsvorsteher ein besonders angesehener Bürger im Ort war, ihn bei der Gendarmerie an. In der folgenden Verhandlung wurde Jacques schuldig gesprochen und zu sechs Wochen Kerker verurteilt. Eine Kerkerhaft war in der damaligen Zeit kein Zuckerschlecken. Die Inhaftierten wurden im Keller in eine Zelle gesperrt, in die kein Tageslicht dringen konnte. Ihre Zellen durften die Gefangenen nicht verlassen. Als Nahrung gab es nur ein wenig Brot und Wasser.

Der Wirt, der die Rauferei hautnah miterlebt hatte und der bezeugen konnte, dass es der stellvertretende Ortsvorsteher war, der mit der Prügelei angefangen hatte, war vor Gericht nicht bereit, Jacques zu entlasten. Vermutlich hatte er zu viel Respekt vor diesem einflussreichen Streitverursacher.

Fast noch schlimmer als die Kerkerhaft war, dass Jacques von da an im Dorf einen nicht mehr ganz so guten Ruf genoss.

Wie ging es mit den Zwillingsbrüdern weiter? In den letzten Jahren ihres Lebens geschah nichts, was einer besonderen Erwähnung bedürfte. Das änderte sich ganz entscheidend an einem Herbsttag im Jahre 1767, als die beiden Brüder sich zusammen mit ein paar Knechten aufmachten, um in ihrem Wald Bäume zu fällen. Beide liebten diese Arbeit, die in jedem Jahr, bevor der Winter nahte und neues Brennholz benötigt wurde, anstand.

Ganz unerwartet zog ein starker Herbststurm auf. Doch das hinderte sie nicht daran, ihr Werk fortzusetzen. Auch als der Sturm immer heftiger wurde und die ersten Äste herunterkrachten, hielt sie das nicht davon ab weiterzuarbeiten. Schließlich meinte Claude: »Lass uns aufhören und morgen weitermachen. Das ist doch viel zu gefährlich!«

Claude hatte den Satz noch nicht ganz vollendet, als ein gewaltiger Baum durch eine orkanartige Böe entwurzelt wurde und mit rasender Geschwindigkeit zu Boden donnerte. Die Brüder hatten keine Chance mehr, sich in Sicherheit zu bringen. Beide wurden von dem Baumstamm getroffen. Jacques war sofort tot. Claude starb eine Viertelstunde später an der Unglücksstelle.

Die beiden Brüder hatten am selben Tag ihr Erdenleben angetreten, und am selben Tag überschritten sie im Alter von 63 Jahren die Schwelle des Todes. In beiden Fällen war Jacques seinem Bruder um wenige Minuten voraus.

Unmittelbar nach ihrem Unfalltod fanden sich die Seelen der beiden Brüder in einer ganz anderen und völlig ungewohnten Umgebung wieder.

Natürlich kann man von jetzt an eigentlich nicht mehr von Jacques und Claude Lemaire reden. Das waren ja nur die Persönlichkeiten, die ihre ewigen Individualitäten – man könnte hier auch von Seelen sprechen – in der Zeit von 1704 bis 1767 angenommen hatten, während der sie als Zwillingsbrüder in Nordfrankreich lebten. Ihre Persönlichkeiten haben sie beim Durchgang durch die Todespforte mit ihrem stofflichen Leib wie ein altes, ausgedientes Kleid abgestreift. Auch wenn es Jacques und Claude Lemaire im Grunde ja gar nicht mehr gab, sind die folgenden Schilderungen besser zu verstehen, wenn wir bei diesen Namen, die sie im letzten Erdenleben trugen, bleiben.

Jacques war ziemlich verwirrt und begriff überhaupt nicht, was geschehen war. Er wähnte sich in einem schrecklichen Alptraum. Alles war so anders, so radikal anders. Das erste, das er wahrnahm, war eine strahlende Gestalt, die er sich nicht erklären konnte. Er hatte keine Ahnung, um wen es sich bei diesem Wesen handeln könnte. Er war noch nicht so weit, um begreifen zu können, dass es sein Engel war.

Doch dann tauchte etwas auf, was ihm durchaus bekannt vorkam. Wie auf einer überdimensionalen

Leinwand sah er sämtliche Bilder seines erst vor kurzem beendeten Erdenlebens. Alles, was er jemals erlebt, gesagt oder gehört hatte, war in allen Einzelheiten wie auf einen Schlag da. »Das habe ich doch schon einmal erlebt, als ich damals vom Dach gefallen bin«, dachte er. Nur waren es dieses Mal ungleich mehr Bilder. Dieses Bilderpanorama stand jetzt für viel längere Zeit vor ihm. Solange er diese Lebensrückschau noch sah, hoffte er, wieder ins Leben zurückkehren zu können, wie das vor Jahren auch geschehen ist.

Als Claude die Pforte des Todes durchschritten hatte, ahnte er, dass er sich wohl im Himmel befinden müsste, wenngleich das, was er hier vorfand, so gar nicht mit den dürftigen Vorstellungen, die er sich über den Himmel gebildet hatte, zusammenstimmte. Alles war so strahlend, so überaus hell, dass er sich ein wenig geblendet fühlte. »Wo ist denn Gott?«, dachte er. Dann nahm er tatsächlich eine äußerst strahlende Geistgestalt wahr. »Das muss Gott sein!«, glaubte er.

Das Geistwesen erkannte natürlich seine Gedanken und sprach: »Mein liebes Kind, geliebte Seele, ich bin nicht der, für den du mich hältst. Ich bin nicht Gott!« »Wer bist du dann?«, fragte Claude. »Ich bin dein Engel. Ich war immer an deiner Seite und werde es immer sein.«

Dann nahm auch Claude die unzähligen Bilder seines abgelegten Erdenlebens wahr. Alle Bilder, die in dieser Lebensrückschau auftauchten, hatten mit ihm zu tun. Bei allem, was er wahrnahm, sah er sich im Mittelpunkt. Es ging einzig und allein um ihn. Nur sein Engel schaute sich gemeinsam mit ihm diese Bilderwelt an. Claude hatte dabei das Gefühl, als wollte sein Engel ihn fragen, wie er sein Leben genutzt habe. Auch wenn Claude in dieser Rückschau manches sehr Unerfreuliche wahrnehmen musste, so bedrückten ihn diese Bilder nicht sonderlich. Er stand ihnen vielmehr mit der Distanz eines neutralen Beobachters gegenüber.

Nach etwa drei Tagen fluteten diese Bilder bei beiden ab, sie wurden schwächer und schwächer, bis sie schließlich ganz verschwanden.

Jacques hatte immer noch nicht so ganz realisiert, dass er gestorben war. Er irrte umher und suchte nach seinem abgelegten Körper, mit dem er sich am liebsten wieder verbunden hätte. Seinem cholerischen Temperament entsprechend tobte und wütete er, weil er für die Sphäre, in der er jetzt war, keine Sympathie gewinnen konnte.

Währenddessen konnte Claude wahrnehmen, wie auf der Erde gerade das Begräbnis für ihn und seinen Bruder stattfand. Er war überrascht, dass nicht nur seine Frau, sondern auch seine Schwester Madeleine, zu der er kein allzu gutes Verhältnis pflegte, sehr traurig war. Die große Trauer seiner Frau Jeanne, die noch lange anhielt, empfand er mit zunehmender Zeit als recht belastend. Gerne hätte er ihr jetzt gesagt, dass sie sich um ihn keine Sorgen zu machen braucht. Aber das war nicht so ohne weiteres möglich, da die weitaus meisten Lebenden für die sogenannten Toten kein Ohr haben.

Claude hatte längst begriffen, dass er gestorben war und sich jetzt wohl im Himmel befand. Auch wenn er sich zu seinen Lebzeiten keine näheren Vorstellungen über das Leben in der Himmelswelt gebildet hatte, so war es ihm sofort möglich, seinen Engel zu erkennen, wenngleich er ihn zunächst für Gott hielt. Selbstverständlich wusste er, dass auch all die anderen Verstorbenen hier irgendwo sein müssten, sofern sie nicht gerade in der Hölle schmoren. Er fragte seinen Engel: »Wo sind die Seelen der Verstorbenen?«

Er hatte die Frage noch nicht ganz zu Ende gedacht, als er ein Gewoge von menschlichem Sehnen, Ringen, Leiden und Streben, eine wogende Fülle von menschlichen Gefühlen aller Art wahrnahm. Sie fluteten an ihn heran, verschwanden aber gleich wieder. Claude hatte Schwierigkeiten, alles einzuordnen und die wahrgenommenen Gefühle konkreten menschlichen Seelen zuzuordnen. Er ahnte, dass er nur dann Klarheit gewinnen konnte, wenn er seinen Engel fragt: »Wo ist meine Mutter?« Da war sie plötzlich da, wie wenn sie schon die ganze Zeit auf ihn gewartet hätte. Als Claude sich in ihr Wesen hineinversetzte und gewissermaßen in ihre Seele hineinhorchte, war ihm so, als würde sie sagen: »Ich war oft ganz in deiner Nähe. Meine Liebe hat dich stets wie eine wärmende Hülle umgeben. Ich hatte mir immer gewünscht, dass du es bemerkst. Auch wäre es sehr schön gewesen, wenn du öfter an mich gedacht und für mich mehr gebetet hättest.«

Dann fragte Claude seinen Engel: »Wo ist meine Tochter Julie?« Sofort konnte er sie wahrnehmen und in ihr die Gedanken erkennen: »Auch ich war immer bei dir. Leider hast du es nie bemerkt. Ich war es, der dich damals warnte, als du drohtest, im Eis einzubrechen. Es war für dich noch nicht an der Zeit zu sterben.« Da Claudes Engel merkte, dass er ganz verdutzt war, sprach er: »Ja, es sind nicht immer eure Engel, die euch vor Unheil bewahren, das nicht in eurem Schicksal liegt. Das ist auch den Seelen der Verstorbenen möglich, die euch im Leben sehr nahe standen.«

Es dauerte nicht mehr lange, bis Claude noch etliche weitere Seelen wahrzunehmen vermochte, die schon vor ihm durch die Pforte des Todes gegangen waren. Es waren ausschließlich solche, die er aus seinem letzten Erdenleben gut kannte, die also zu seinem engeren Schicksalskreis gehören. Er wusste sofort, in welcher Beziehung er im Erdensein zu ihnen stand. Alle freuten sich sehr, dass Claudes Seele jetzt auch in ihrer Welt angekommen war, dass sie wieder vereint waren. Wenn man es mit irdischen Worten ausdrücken möchte, könnte man sagen, dass sie jetzt ihr Wiedersehen feierten. Ja, es war eine große Feier, ein sakraler Akt.

Sein Bruder hatte noch keinen Blick für die vielen anderen Seelen, die sich um ihn scharten. Zu Lebzeiten glaubte er nicht an ein Leben nach dem Tod.

Er hielt es für ein Pfaffengeschwätz. Somit hatte er sich auch nie Gedanken über das Leben in den übersinnlichen Welten gemacht. Das führte schließlich dazu, dass er einige Zeit benötigte, bis er begriffen hatte, dass er immer noch lebt, und zwar viel realer als zuvor, nur unter gänzlich anderen Daseinsbedingungen.

Auch Claude kam noch nicht so richtig an ihn heran. Jacques fühlte sich immer noch in einer urfremden Umgebung, der er fliehen wollte.

Es dauerte geraume Zeit, bis auch Jacques seinen Engel wahrnehmen und als solchen zu erkennen vermochte. Dieser sprach: »Geliebte Seele, du hast dich im Erdensein nie um mich und meine Welt gekümmert. Daher hast du so lange gebraucht, um hier zurechtzukommen. Jetzt kannst du aber langsam anfangen, einiges zu verstehen.«

Jacques war ganz erfreut, dass er nun auch die anderen Seelen wahrnehmen konnte, die er aus dem Erdenleben kannte. Er verstand es immer besser, sich in ihre Gedanken und Gefühle zu vertiefen, so dass sie ihm gewahr werden konnten. Besonders beglückte es ihn, dass er jetzt auch Claude zu erkennen vermochte und mit ihm zusammen sein konnte. Ihr Beieinandersein war jetzt viel inniger als es im Erdenleben jemals der Fall war. In der Geisteswelt gibt es keine trennenden Schranken mehr. Die Gefühle und Gedanken der Seelen sind vor jeder anderen Seele offen ausgebreitet. Es bedarf keiner Sprache mehr, um miteinander kommunizieren zu können. Jede Seele kann sich gewissermaßen in die andere so hineinversetzen, dass sie deren Innenleben wahrnehmen kann.

Die Zeit verging. Die beiden Seelen, die im letzten Erdenleben als die Zwillingsbrüder Jacques und Claude Lemaire verkörpert waren, mussten jetzt auch einige unangenehme Erfahrungen machen. Wann immer sie mit Seelen aus ihrem Schicksalskreis zusammenkamen, machten sie die Feststellung, dass sie noch in den gleichen Verhältnissen mit ihnen leben mussten, die sie im Erdensein angeknüpft hatten.

So hätte jetzt Claude gern das Verhältnis, das er zu der Magd, die er geschwängert und vom Hof gejagt hatte, verbessert. Nur allzu gerne hätte er sich bei ihr, die auch längst gestorben war, entschuldigt und ihr etwas Gutes getan. Aber es war ihm nicht möglich. Auch der Wirt, der nicht bereit war, Jacques Unschuld zu bezeugen und ihm dadurch eine Kerkerhaft eingebrockt hatte, konnte jetzt seiner Beziehung zu ihm keine andere Richtung mehr geben. Das Zusammenleben der beiden mit vielen anderen war dadurch, dass sie sich im Erdenleben mit ihnen nicht besser verstanden hatten, ebenfalls getrübt. So kamen sie etwa an die Seelen der vielen Bettler, die sie meistens abgewiesen hatten, nicht so recht heran. Es war immer so etwas wie eine Mauer zwischen ihnen. Das löste bei allen Beteiligten eine große Traurigkeit aus. Die Einsicht, jetzt nichts mehr verbessern zu können, war sogar recht quälend. Auch mit der Seele, die im Erdenleben ihre Schwester Madeleine war, konnten die beiden Brüder kein inniges Beieinandersein pflegen.

Als Claude seinen Engel fragte, wie er sein Verhältnis zu diesen Seelen, namentlich zu der ehemaligen Magd verbessern könnte, sagte dieser: »Das ist in der Welt, in der ihr euch jetzt befindet, nicht möglich. Solche Fehler und Versäumnisse können nur im Erdenleben ausgeglichen und gutgemacht werden. Ihr müsst in eurem nächsten Leben wieder zusammenkommen. Erst dann kannst du es gutmachen.« Claude verstand natürlich nicht, was sein Engel damit genau meinte. Davon, dass jeder Mensch viele Male auf die Erde kommt, hatte er noch nie etwas gehört. Er freute sich aber sehr, dass er eines Tages diese Möglichkeit bekommen werde und fragte: »Wie wird das möglich sein, es im nächsten Leben wieder gutzumachen?«

»Euch Menschenseelen fehlt es an der Weisheit, so etwas planen zu können. Aber wir und noch viel höhere Geistwesen werden, wenn es an der Zeit ist, mit euch gemeinsam einen Plan entwerfen. Ihr müsst euch noch etwas gedulden.«

So erfreulich das Zusammenleben der beiden Brüder und ihr Beieinandersein mit den wenigen anderen Seelen, zu denen sie im Erdenleben ein gutes Verhältnis gepflegt hatten, war, so betrüblich war das mit den übrigen, denen gegenüber sie sich in irgendeiner Form verschuldet hatten. Immerhin

wurden sie dadurch immer selbstkritischer und er-
kannten, dass sie wohl keine allzu anständigen
Menschen waren. Ihnen wurde immer deutlicher,
dass sie zeitlebens sehr egoistisch waren und sich
nur um sich selbst bekümmerten und kein Ohr für
die Sorgen und Nöte ihrer Mitmenschen hatten.

Der Wunsch, das alles wieder gutzumachen,
wurde immer stärker, wenngleich sie noch nicht im
Entferntesten wussten, wie das möglich werden
könnte.

Mit zunehmender Zeit, welche die beiden Seelen,
die in ihrem letzten Leben als Jacques und Claude
Lemaire inkarniert waren, in der Geisteswelt verbrachten, kamen sie immer mehr mit ihren Engeln
und auch solchen Engeln, die noch höheren Reichen angehören, zusammen. Diese erzählten ihnen
jetzt sehr vieles von der Erdenwelt, das sie, als sie
auf der Erde lebten, noch nicht verstehen konnten.

Die beiden Seelen hatten sich längst an die neuen
Verhältnisse gewöhnt und genossen ihr Dasein in
der Himmelswelt. Am liebsten wären sie für immer
in dieser Welt geblieben.

Als nach irdischer Zeitrechnung schon weit über
100 Jahre verflossen waren, seitdem die Brüder
über die Schwelle des Todes gegangen waren, tra-
ten eines Tages ihre Engel an sie heran. Der eine
sagte: »Es ist jetzt langsam an der Zeit, dass ihr
euch auf euer nächstes Erdenleben vorbereitet.«

»Können wir nicht hier bleiben?«, fragte Claude. »Nein, das ist nicht möglich! Euch ist ja mittlerweile klar geworden, welchen Seelen gegenüber ihr noch in der Schuld steht. Wie wir euch bereits gesagt haben, könnt ihr nur auf der Erde wieder dasjenige gutmachen, was ihr im früheren Leben recht schlecht gemacht oder versäumt habt. Nur durch weitere Erdenleben könnt ihr in eurer geistig-seelischen Entwicklung vorwärtsschreiten. – Ihr habt jetzt die Möglichkeit, gemeinsam mit uns einen Plan für euer nächstes Leben zu entwerfen. Überlegt euch gut, was für euch wichtig ist«, gab einer der Engel zur Antwort.

»Wenn wir wieder auf die Erde müssen, so möchten wir auf jeden Fall wieder zusammenkommen«, meinte Jacques. Claude stimmte zu.

»Das ist eine Selbstverständlichkeit, dass alle Menschen, die in einem Erdenleben miteinander eng verbunden waren, auch im folgenden wieder zusammenkommen werden. Bis zu einem gewissen Grad könnt ihr jetzt selbst entscheiden, in welchem Verhältnis ihr dann zueinander stehen wollt«, sprach einer der Engel.

Die beiden Seelen überlegten eine Weile. Dann platzte es aus der Seele, die im letzten Leben als Jacques inkarniert war, heraus: »Ich wünsche, dass ich im nächsten Leben der Ehepartner meines Bruders werde! Wer von uns Mann und wer Frau wird, ist mir egal. Dann können wir ein noch innigeres Verhältnis pflegen.« Die andere Seele, die im letzten Leben als Claude auf der Erde wandelte, stimmte begeistert zu.

Beide Engel nickten und sagten: »Das ist eine gute Idee. Das lässt sich unter Umständen, auf die wir erst später eingehen wollen, machen.«

Einer der Engel sprach: »Es wird nicht ganz so leicht sein, dass ihr euch auf der Erde finden werdet.« Als er merkte, dass die ehemaligen Brüder ihn nicht verstanden, fuhr er fort: »Nun, sobald ihr wieder durch die Geburt ins irdische Dasein geschritten seid, werdet ihr alles vergessen haben, was ihr euch jetzt hier vorgenommen habt. Alles, was ihr in der Himmelswelt erlebt habt, und alles, was wir hier besprochen haben und noch besprechen werden, werdet ihr wieder vergessen haben. Die Weisheit, die euch jetzt hier geschenkt wurde, werdet ihr auf der Erde nicht mehr haben. Auch die vielen anderen Seelen, denen ihr wieder begegnen müsst, werden sich an nichts mehr erinnern. Sie werden für euch und ihr für sie nicht so leicht aufzufinden sein.«

»Das ist ja fürchterlich! Wie kann das Ganze denn dann überhaupt gelingen?«

»Es gehört zu den Aufgaben der Engel, die Menschen, die ihnen anvertraut sind, zu leiten und zu führen. Wir werden alles daransetzen, dass ihr euch treffen werdet und dass ihr auch alle anderen Menschen finden werdet, mit denen euer Schicksal verwoben ist.«

»Wie können wir das bemerken?«

»Ihr müsst sorgfältig auf euer Innerstes lauschen und auf das hören, was ihr da empfindet. Das, was wir euch mitteilen, kann sich als eine innere Stimme, als ein Gedanke oder ein Impuls äußern. Auch in eure Träume werden wir hineinspielen. Wenn ihr da etwas vernehmen könnt, solltet ihr es befolgen, auch wenn es euch manchmal merkwürdig oder sogar unsinnig erscheinen mag«, sagte der eine Engel.

Der andere ergänzte: »Ihr werdet vermutlich so manche Eingebung nicht richtig wahrnehmen können oder ihr nicht folgen. Aber wir werden es immer wieder versuchen. Und wenn ihr euch dann gefunden haben werdet, so werdet ihr sagen, es sei ein Zufall gewesen, dass ihr euch getroffen habt. Die Menschen sind immer schnell bei der Hand, von einem Zufall zu sprechen, wenn etwas geschieht, das sie sich nicht erklären können, für das es keine Ursache zu geben *scheint*. Aber einen Zufall gibt es nicht! Es gibt für alles eine Ursache. Nur liegt diese meistens im Wirken geistiger Wesen, so dass sie den Erdenmenschen nicht offenbar wird. Wenn ihr euch finden werdet, so ist es kein Zufall, sondern unserem Wirken, das wir euch ja kurz erläutert haben, zu danken.«

»Könnt ihr uns denn, wenn wir wieder auf der Erde sind, nicht ganz unmissverständlich mitteilen, was wir tun sollen?«

»Nein, das dürfen wir nicht! Es ist uns nicht erlaubt, in euren heiligen freien Willen einzugreifen. Ihr könnt euch aber sicher sein, dass wir euch früher oder später zusammenführen werden. Das wird auf eine ganz subtile Art geschehen, so dass ihr euch jederzeit gegen unsere Eingebungen entscheiden könnt.«

Einige Zeit später gab es – um mit Erdenworten zu sprechen – eine große himmlische Konferenz, an der neben Jacques und Claude auch alle Seelen, die zu ihrem Schicksalskreis gehören, sowie deren Engel teilnahmen.

Über einen langen Zeitraum wurde nun unter Anleitung erhabener Geistwesen, die höheren Engelreichen angehören, beraten, wie das künftige Erdenleben aller beteiligten Seelen in groben Zügen geplant werden müsse, damit alle ihr notwendiges Schicksal leben können und damit es zu einem Ausgleich dessen kommen kann, was im früheren Leben verschuldet oder versäumt wurde.

Die beiden Seelen, die sich vor rund 300 Jahren als die Zwillingsbrüder Jacques und Claude Lemaire inkarniert hatten, waren hocherfreut, dass sie die Chance erhalten werden, im nächsten Leben endlich wieder das gutmachen zu können, was ihnen in der Geisteswelt nicht möglich war.

Langsam fieberten sie ihrem nächsten Erdenleben mehr und mehr entgegen. Jetzt konnte es ihnen nicht schnell genug gehen, wieder ins irdische Dasein zu schreiten.

Claudes Engel mahnte: »Ihr müsst euch noch ein wenig in Geduld üben. Mittlerweile ist euch bewusst, welchen Seelen ihr wieder begegnen werdet, damit ihr eure Verschuldungen ausgleichen könnt. Das reicht aber noch nicht aus. Ihr solltet euch noch gründlich überlegen, welcher großen Aufgabe ihr euer nächstes gemeinsames Leben widmen wollt.«

Die beiden Brüder überlegten eine Weile. Dann sagte Jacques: »Nachdem wir im letzten Leben so egoistisch waren, sollten wir im nächsten Leben etwas tun, was anderen Menschen zum Wohle gereichen kann. Ja, das sollten wir tun!«

»Aber was genau können wir da machen?«, fragte Claude.

Einer der Engel sprach: »Das kann und muss man hier im Einzelnen noch nicht festlegen. Wichtig ist, dass ihr eine grobe Orientierung habt. Was ihr dann genau tun könnt, wird sich im Leben schon ergeben. Es gibt doch wohl unzählige Möglichkeiten, etwas zum Wohle anderer Menschen zu tun. – Ihr hattet ja den Wunsch geäußert, in eurer nächsten Inkarnation als Mann und Frau zusammenzuleben. Dafür könnten wir sorgen. Allerdings solltet ihr euer geplantes Engagement für andere Menschen dann groß aufziehen und gemeinsam gestalten. Ihr werdet zum richtigen Zeitpunkt schon eine Idee gewinnen. Wir werden euch dabei helfen.«

Als Jacques und Claude freudig zustimmten, sagte ein Engel ganz feierlich: »Hiermit geben wir euch unseren Segen für eure Ehe! – Wahre Ehen werden bekanntlich zwar auf Erden gelebt, aber geschlossen werden sie im Himmel!«

Von da an nahm das Interesse der beiden Seelen an dem Leben in der Himmelswelt, das sie lange Zeit so sehr genossen hatten, immer mehr ab. In gleichem Maße stieg ihr Interesse für alles, was gerade auf der Erde geschah. Es war ihnen durchaus möglich, dasjenige wahrzunehmen, was auf der Erde getrieben wurde. Allerdings konnten sie vieles nicht verstehen, da ja längst das technologische Zeitalter begonnen hatte, was ihnen natürlich völlig fremd war.

Es dauerte nicht mehr lange, bis bei beiden das Bewusstsein immer schwächer wurde. Die Weitsicht und Weisheit, die sie in der geistigen Welt erworben hatten, schwand zusehends. Schließlich fielen sie in eine Art Dämmerungsschlaf.

Jacques wurde als erster von seinem Engel entlassen. Sein Bewusstsein schwand jetzt vollständig und seine ewige Individualität verband sich mit dem Keim im Leibe ihrer späteren Mutter.

Etwas später wurde auch Claude von seinem Engel entlassen...

Im Jahre 1969 wurde die Seele, die im letzten Leben als Jacques Lemaire auf der Erde wandelte, als Thomas Hausmann in München geboren.

Da Frau Hausmann bereits über vierzig Jahre alt war, hatte das Ehepaar Hausmann seinen Wunsch, ein Kind zu bekommen, eigentlich schon begraben. Umso größer war die Freude, als die beiden nun doch noch Eltern wurden.

Herr Hausmann war ein wohlhabender Fabrikbesitzer. Er und seine Frau taten alles für ihren geliebten Sohn.

Nachdem Thomas seine Schulzeit beendet hatte, machte er eine kaufmännische Ausbildung in der Fabrik seines Vaters. Es galt als ausgemacht, dass er die Fabrik in ein paar Jahren leiten sollte. Obwohl er seine Sache ganz ordentlich machte, war ihm schon bald klar, dass diese Aufgabe nicht die richtige für ihn war, dass sie ihn nicht erfüllen würde. Seinen Eltern gegenüber erwähnte er das nie, zumal er fürchtete, dass sie sehr enttäuscht wären, wenn er nicht in die Fußstapfen seines Vaters treten würde.

Im Jahre 1970 inkarnierte sich die Seele, die vor rund 300 Jahren als Claude Lemaire in Frankreich lebte, als Peggy Sinclair in Sydney. Sie war das zweitälteste von fünf Kindern ihrer Eltern. Da ihre Mutter in Deutschland aufgewachsen war, bevor sie später nach Australien auswanderte, wurde Peggy zweisprachig erzogen. Häufig erzählte Peggys Mutter ihren Kindern von ihrer deutschen Heimat, so dass Peggy schon bald eine gewisse Affinität zu dem fernen Land verspürte.

Nach dem Schulabschluss absolvierte sie eine Ausbildung zur Erzieherin in einem Waisenheim. Sie liebte diesen Beruf, in dem sie ganz aufging. Wie kaum eine ihrer Kolleginnen sorgte sie sich um die Kinder, die ihr anvertraut waren.

Als Peggy 19 Jahre alt war, erfüllte sie sich einen lang gehegten Wunsch. Sie flog nach Deutschland, um das Heimatland ihrer Mutter etwas näher kennenzulernen.

Die erste Woche verbrachte sie in Berlin, dem Geburtsort ihrer Mutter. Nachdem sie anschließend noch ein paar weitere Städte besucht hatte, wollte sie die beiden letzten Tage vor ihrem Rückflug in der bayerischen Landeshauptstadt München verbringen.

Einen Tag, bevor Peggy mit dem Zug nach München reiste, hatte Thomas so ein ganz merkwürdiges Gefühl. Irgendetwas in ihm schien ihm den Rat zu geben, am nächsten Tag das Deutsche Museum zu besichtigen. »Was soll ich denn da?«, dachte er. »Ich war schon so oft in diesem Museum.«

Es war natürlich kein anderer als sein Engel, der ihm den Impuls, das Deutsche Museum zu besuchen, einpflanzte. Thomas griff ihn aber nicht auf.

Er hatte natürlich längst vergessen, was er vor seiner Geburt alles in der Geisteswelt erlebt hatte. So konnte er sich auch nicht mehr daran erinnern, dass sein Engel ihm erklärte, wie er im Erdenleben sein Eingreifen bemerken könnte.

Am folgenden Tag machte sich Peggy auf den Weg in das besagte Museum. Sie war von dem, was es da zu sehen und zu bestaunen gab, ganz begeistert, so dass sie viele Stunden in dem weltweit größten Technikmuseum verbrachte. Da an diesem Tag herrliches Sommerwetter herrschte, zogen es die meisten Touristen vor, das Wetter im Freien zu genießen. Daher war im Museum kaum Betrieb. Hätte Thomas den Rat seines Engels als solchen erkannt und befolgt, wären sich die beiden gewiss schon dort begegnet.

Der erste Versuch seines Engels, ihn mit Peggy zusammenzuführen, ging also schief.

In der folgenden Nacht hatte Thomas einen sehr bewegenden Traum. Er träumte, dass er eine wichtige Verabredung versäumt hätte und dass es jetzt schwieriger werden würde, diese später nachzuholen. Natürlich konnte er sich keinen Reim auf diese Botschaft machen.

In der Fabrik der Familie Hausmann arbeitete eine junge und sehr aparte Dame namens Ulrike Freiberg als Chefsekretärin.

Thomas und Ulrike beäugten sich anfangs etwas argwöhnisch. Doch im Laufe der Zeit empfanden sie eine gegenseitige Sympathie, so dass sie hin und wieder gemeinsam etwas unternahmen. Seine Eltern konnten sich Ulrike gut als Schwiegertochter vorstellen und rieten ihrem Sohn, sie zur Frau zu nehmen. Auch Thomas konnte sich mit diesem Gedanken durchaus anfreunden.

So machte er Ulrike eines Tages einen Antrag. Dann ging alles ganz schnell. Das Aufgebot wurde bestellt und die Hochzeitsfeier geplant.

Als der Tag der avisierten Eheschließung nahte, meldete sich bei Thomas so etwas wie eine innere Stimme: »Ulrike ist nicht die Frau, auf die du gewartet hast!« Seine vorgeburtliche Verabredung mit seinem ehemaligen Bruder Claude schien für ganz kurze Zeit seine Bewusstseinsschwelle zu überschreiten. Thomas nahm die Stimme dieses Mal sehr ernst. Schweren Herzens sagte er zu Ulrike: »Liebe Ulrike, es tut mir unsagbar leid, aber ich kann dich nicht heiraten. Wir gehören nicht zusammen. Sei mir bitte nicht böse.«

Ulrike konnte seine Entscheidung nicht nachvollziehen und weinte bitterlich. Auch Thomas' Eltern konnten sie nicht verstehen.

Übrigens, Ulrike Freiberg war niemand anderes als der wiedergeborene Wirt, der vor 300 Jahren nicht bereit war zu bezeugen, dass Thomas in seinem Leben als Jacques Lemaire keine Schuld an der Wirtshausprügelei hatte und ihm so eine Kerkerhaft eingebrockt hatte.

Damals hat der Wirt alias Ulrike Freiberg Jacques alias Thomas Hausmann im Stich gelassen. Jetzt war es genau umgekehrt...

Als Thomas 23 Jahre alt war, nahm er sich vor, seinen Sommerurlaub in New York zu verbringen. Diese Metropole wollte er schon immer einmal kennenlernen.

Drei Wochen vor der geplanten Reise hatte er beruflich in Ingolstadt zu tun. Nach der Rückkehr wollte er in einem Münchener Reisebüro den Flug buchen.

Als er am frühen Nachmittag in Ingolstadt losfuhr, um sich auf den Heimweg zu machen, musste er noch an einer Tankstelle anhalten, da er nicht mehr genug Benzin im Tank hatte. An der Ausfahrt stand ein junger Mann und zeigte mit dem Daumen an, dass er von ihm mitgenommen werden wollte. Thomas hatte schon zwei Mal schlechte Erfahrungen mit Anhaltern gemacht, so dass er sich geschworen hatte, nie mehr einen mitzunehmen.

Doch irgendetwas in ihm schien ihn geradezu aufzufordern, sich bei dem Mann zumindest einmal zu erkundigen, wohin er wolle. Als dieser Thomas fragte, ob er ihn nicht vielleicht mit nach München nehmen könne, sprang Thomas über seinen Schatten und bat ihn mit einem etwas mulmigen Gefühl einzusteigen.

Die beiden kamen sofort ins Gespräch. »Kommen Sie gerade aus dem Urlaub zurück?«, wollte der

Mann wissen. »Nein, ich hatte hier geschäftlich zu tun. Aber Urlaub ist ein gutes Stichwort. Ich habe vor, noch heute eine Urlaubsreise zu buchen.«

»Wo soll es denn hingehen?«

»Nach New York.«

»Ja, da war ich auch schon einmal. Aber ich war alles in allem von der Stadt enttäuscht. Da werde ich nicht noch einmal hinfliegen.«

»Welche Urlaubsziele bevorzugen Sie?«

»Also, Südafrika hat mir gut gefallen. Aber am schönsten war es in Australien, besonders in Sydney. Da möchte ich unbedingt noch einmal hin. Die Stadt kann ich jedem nur empfehlen.«

Thomas wunderte sich ein wenig, dass sein Fahrgast, der nicht gerade den Eindruck machte, ein wohlhabender Mann zu sein, schon so viel von der Welt gesehen hatte. Dann ließ er sich auf der etwa einstündigen Autofahrt noch einiges über Sydney erzählen. Dabei kam der junge Mann aus dem Schwärmen nicht mehr heraus.

In einem Vorort von München ließ sich der Anhalter absetzen, bedankte und verabschiedete sich.

In Thomas arbeitete es. Dem Mann war es gelungen, ihn für Sydney so zu begeistern, dass er dann tatsächlich einen Flug nach Sydney buchte. Er konnte es sich selbst nicht so recht erklären, warum er sich umentschieden hatte. Aber er hatte das Gefühl, die richtige Entscheidung getroffen zu haben.

Als Thomas dann drei Wochen später in Sydney ankam, war er schon bald ganz fasziniert von dieser Stadt und sehr froh, hierher gereist zu sein.

Am nächsten Tage suchte Thomas in der Innenstadt nach einem Restaurant, um dort zu Mittag zu essen. Da es etliche Lokale gab, fiel ihm die Wahl nicht ganz leicht. Schließlich ging er mehr intuitiv in eines, das nicht einmal einen besonders einladenden Eindruck auf ihn machte.

Peggy Sinclair hatte gerade Mittagspause. Wie an jedem Arbeitstag wollte sie in ihr Stammlokal gehen, um einen kleinen Imbiss einzunehmen. Zu ihrer Enttäuschung war das Lokal an diesem Tage aber wegen Krankheit des Besitzers geschlossen. So blieb ihr nichts anderes übrig, als ein anderes Restaurant aufzusuchen. So kam sie schließlich in genau die Gaststätte, in der Thomas weilte.

Als sie das Lokal betrat, fiel sein Blick gleich auf diese hübsche, blondgelockte junge Dame und konnte sich für eine ganze Weile nicht von ihr lösen. Es muss wohl nicht erwähnt werden, dass ihm nicht einmal im Entferntesten bewusst war, dass es sich bei ihr um die Individualität handelte, die vor rund 300 Jahren als sein Bruder Claude verkörpert war.

Nachdem Peggy sich an einen freien Tisch gesetzt hatte, nahm Thomas seinen ganzen Mut zusammen, ging auf Peggy zu und fragte sie in etwas holprigem Englisch, ob er an ihrem Tisch Platz nehmen dürfe. Zu seiner großen Freude bat sie ihm den Stuhl neben sich an. Thomas war ganz erleichtert, dass die junge Dame viel besser Deutsch als er Englisch sprach, so dass sie sich in seiner Muttersprache, die ja auch Peggys Muttersprache war, unterhalten konnten. Peggy war ganz begeistert, dass ihr Gesprächspartner aus Deutschland stammt und erzählte ihm, dass ihre Mutter auch in seinem Heimatland geboren wurde und aufgewachsen ist.

»Warst du auch schon einmal in Deutschland?«, wollte Thomas wissen. »Ja, vor zwei Jahren. Es ist ein wunderschönes Land.«

»Wo warst du denn überall?« Als Thomas dann erfuhr, dass Peggy auch in München war und dort das Deutsche Museum besuchte, kam ihm gleich wieder in den Sinn, dass er damals so ein merkwürdiges Gefühl hatte, das ihm zu raten schien, das Museum zu besuchen. Auch an den anschließenden Traum, dass er eine wichtige Verabredung versäumt habe, konnte er sich noch gut erinnern.

Da Peggy schon bald wieder zur Arbeit in dem Waisenheim musste, hatten die beiden leider nur ein knappes Stündchen Zeit, um sich ein wenig kennenzulernen. Beim Verabschieden verabredeten sie sich für den Abend im selben Restaurant.

Ja, so waltet das Schicksal! So wirken die Engel! Die Engel wussten natürlich, dass es der vorgeburtliche Entschluss der beiden Seelen war, in diesem Leben die Ehe miteinander zu schließen. Auch wenn das ihr eigener Entschluss war, so konnten sie sich, nachdem sie wieder ins irdische Dasein eingetaucht waren, nicht mehr daran erinnern. Allenfalls blitzte in ihren Seelentiefen hin und wieder so etwas wie eine zarte Ahnung auf, dass irgendwo ein Mensch lebt, mit dem sie eine Verabredung getroffen hatten, dem sie begegnen müssen. Es ist die Aufgabe der Engel, die alle Inkarnationen ihrer Schützlinge und alles, was diese sich in der geistigen Welt vorgenommen haben, überblicken können, dafür zu sorgen oder zumindest dabei mitzuhelfen, dass das geplante Schicksal gelebt werden kann.

Der erste Versuch, den Thomas' Engel unternommen hatte, um die beiden im Deutschen Museum in München zusammenzuführen, war gescheitert, da Thomas nicht auf seine innere Stimme gehört hatte.

Daher musste sein Engel sich etwas anderes einfallen lassen. Er schickte dem jungen Anhalter den Impuls, zum richtigen Zeitpunkt und am richtigen Ort um eine Mitfahrgelegenheit zu bitten und dann Thomas die Empfehlung zu geben, nach Sydney statt nach New York zu fliegen. Dem Mann war gewiss gar nicht klar, warum er das tat. Glücklicherweise hatte Thomas diesen Vorschlag befolgt, obwohl er sich auch nicht so recht erklären konnte, warum er ihn annahm.

Auch mussten die Engel dafür sorgen, dass an dem besagten Tag Peggys Stammlokal geschlossen hatte, so dass sie in das Restaurant ging, in dem Thomas zu Mittag aß.

Am besagten Abend trafen sich die beiden wie ausgemacht in dem Restaurant, in dem sie sich in der Mittagszeit erstmals begegnet sind.

Nachdem jeder einiges aus seinem Leben erzählt hatte, meinte Peggy in bestem Deutsch: »Auf die Gefahr hin, dass du mich für verrückt erklärst, muss ich dir etwas sagen: Also, gleich, als ich dich heute Mittag sah und ein paar Worte mit dir gewechselt hatte, war mir plötzlich so, als säße mir da jemand gegenüber, den ich schon lange kenne.«

»Irgendwie erging mir das sehr ähnlich«, sagte Thomas, »du kamst mir gleich sehr vertraut vor. Ich kann mir dieses Gefühl nicht erklären. Es ist ja völlig unmöglich, dass wir uns schon einmal irgendwo über den Weg gelaufen sind. Auch halte ich es für nahezu ausgeschlossen, dass wir uns damals in München kurz gesehen haben könnten.«

»Wer weiß, vielleicht kennen wir uns aus einem früheren Leben!«, sagte Peggy lächelnd.

»Glaubst du etwa an die Reinkarnation?«

»Ich bin mir nicht sicher. Aber ich möchte nicht ausschließen, dass jeder Mensch mehrmals auf die Erde kommt.«

»Vielleicht warst du im letzten Leben ja mein Mann und ich deine Frau«, meinte Thomas im Spaß.

»Ja, wer weiß!«

Dann wandten sich die beiden wieder weltlichen Themen zu. Der Abend verging wie im Flug.

Auch an den folgenden Abenden trafen sich die beiden wieder. Am Wochenende zeigte Peggy Thomas die Sehenswürdigkeiten Sydneys.

Wenngleich sie es sich noch nicht so richtig eingestehen und insbesondere dem anderen noch nicht offenbaren wollten, war beiden klar, dass es Liebe auf den ersten Blick war und dass jedem bewusst war, den Partner fürs Leben gefunden zu haben.

Schon in der zweiten Woche lud Peggy Thomas zu sich nach Hause ein, um ihn mit ihren Eltern bekannt zu machen. Peggy stellte Thomas ihren Eltern mit den Worten »Das ist er! Ja, er ist es!« vor. Während Mr. Sinclair etwas fragend schaute, lächelte Peggys Mutter. Sie verstand sofort, was ihre Tochter damit sagen wollte.

Die vier gemeinsamen Wochen vergingen beiden viel zu schnell. Je näher der Tag der Heimreise kam, desto schwermütiger wurden sie.

Am Tag vor dem Rückflug meinte Peggy traurig: »Wie soll es jetzt mit uns weitergehen? Eine größere räumliche Entfernung als die zwischen unseren Ländern gibt es ja gar nicht.«

Thomas musste nicht lange überlegen: »Liebste Peggy, ich möchte, dass du meine Frau wirst!«

»Ja, das ist auch mein Herzenswunsch. Aber wie soll das gehen? Wo sollen wir leben?«

»Du hast doch gesagt, dass dir Deutschland gut gefällt. Könntest du dir vorstellen, dort mit mir zu leben?«

Peggy konnte es sich in der Tat ganz gut vorstellen. Allerdings fürchtete sie, dass ihre Eltern traurig wären, wenn diese sie nur noch höchst selten zu sehen bekämen. Noch am gleichen Abend teilte sie ihren Eltern dieses Vorhaben mit. Zu ihrer großen Erleichterung sagte ihre Mutter: »Du musst tun, was dein Herz dir rät! Mache dir um uns keine Sorgen. Wir haben ja noch deine Geschwister. Außerdem können wir euch jedes Jahr besuchen. Ich würde gern mal wieder in mein Heimatland reisen. Auch ihr könnt ja hin und wieder mal nach Sydney kommen.«

Somit stand der Plan fest. Thomas und Peggy kamen überein, den Bund fürs Leben zu schließen und dann gemeinsam in München zu leben.

Zwei Monate später war es dann so weit. Peggy gab ihre Stellung auf und siedelte nach München um. Der Abschied von ihren Eltern und Geschwistern fiel ihr nicht ganz leicht. Aber noch schwerer fiel es ihr, sich von einem fünfjährigen Mädchen namens Cindy aus dem Waisenhaus zu verabschieden. Zu diesem Mädchen hatte Peggy eine ganz besondere Beziehung. Sie fühlte sich von ihm geradezu magisch angezogen. Peggy hatte das Mädchen ganz besonders lieb und kümmerte sich fast wie eine Mutter um sie. Cindy, die anfangs recht scheu und ängstlich war, wurde durch Peggys Bemühungen immer zugänglicher, selbstsicherer und gewann mehr und mehr Lebensfreude.

Natürlich war Peggy nicht bewusst, dass sie mit der kleinen Cindy bereits in ihrem früheren Leben zu tun hatte. Dort war das Mädchen als die Magd inkarniert, die Claude alias Peggy schwängerte und vom Hof verjagte.

Thomas und Peggy bezogen ein Haus mit Garten, das den Hausmanns gehörte und ganz in der Nähe des Fabrikgeländes stand.

Wenige Monate später wurden die beiden getraut. Zu den Hochzeitsfeierlichkeiten waren auch Peggys Eltern und ihre Geschwister eingeladen. Auf Peggys ausdrücklichen Wunsch nahmen sie auch Cindy mit.

Die eigentliche Ehe haben die beiden schon in der geistigen Welt geschlossen. Nun musste sie auf Erden gelebt werden.

Wie es kaum anders zu erwarten war, führten die beiden vom ersten Tage an eine äußerst harmonische, ja glückliche Ehe. Das Glück wurde auch dadurch, dass Peggy nach drei Jahren noch immer nicht schwanger wurde, nicht getrübt. Genau wie es in ihrer Inkarnation als die beiden Zwillingsbrüder der Fall war, passte zwischen sie kein Blatt.

Die kleine Cindy konnte Peggy nicht vergessen. Jedes Jahr schickte sie ihr zum Geburtstag und zu Weihnachten ein Paket mit Geschenken. Sie dachte sehr häufig an sie und erzählte Thomas immer wieder von ihr.

Als eine gynäkologische Untersuchung ein Jahr später ergab, dass Peggy keine Kinder bekommen konnte, kam Peggy eine Idee. Sie äußerte den Wunsch, Cindy zu adoptieren. Thomas war sofort einverstanden. Dann wurde der Adoptionsantrag gestellt, der schon nach ein paar Wochen genehmigt wurde. Die beiden flogen nach Sydney, um die mittlerweile neunjährige Cindy abzuholen und mit nach München zu nehmen. Nun war die Familie komplett.

Cindy lebte sich schnell in der Fremde ein und lernte mit Hilfe ihrer Adoptiveltern sehr rasch die deutsche Sprache.

Mit ihrem Engagement für Cindy hatte Peggy, ohne sich dessen bewusst zu sein, dasjenige wohl wieder gutgemacht, was sie ihr im letzten Leben angetan hatte.

Nachdem offensichtlich wurde, dass Cindy sich in ihrer neuen Heimat sehr wohl fühlte, war das Familienglück kaum noch zu übertreffen.

Peggy war allenfalls etwas enttäuscht, dass sie in München und der näheren Umgebung keine Anstellung in ihrem so sehr geliebten Beruf finden konnte. Wann immer sie sich irgendwo als Erzieherin bewarb, bekam sie mit oftmals fadenscheinigen Begründungen eine Absage. Da die Hausmannsche Fabrik mittlerweile ihre Produkte auch ins Ausland lieferte, wurde dort jemand gesucht, der Deutsch und Englisch fließend beherrschte. Diese Aufgabe als Fremdsprachenkorrespondentin übernahm Peggy. Es war allerdings eine Aufgabe, die sie keineswegs erfüllte.

Thomas war in der Fabrik seit einem Jahr als Juniorchef zusammen mit seinem Vater für die Geschicke des Unternehmens verantwortlich. Er nahm diese Tätigkeit lediglich aus einem Pflichtgefühl heraus wahr. Freude bereitete sie ihm keineswegs.

Fünf Jahre nach der Eheschließung starb Thomas' Vater. Auch wenn er schon über siebzig Jahre alt war, so kam sein Tod doch ziemlich überraschend, zumal er noch äußerst fit war und nach wie vor die Führung des Betriebs fest in Händen hielt.

Nun war klar, dass Thomas die alleinige Leitung der Fabrik übernehmen musste. Gegen seine innere Überzeugung nahm er diese Aufgabe nach besten Kräften wahr. Thomas erwies sich als ein äußerst großzügiger Chef, der stets ein offenes Ohr für die Sorgen und Nöte seiner Mitarbeiter hatte. Auch erhöhte er die Löhne und Sozialleistungen der Arbeiter weit über die tariflichen Vereinbarungen hinaus. Sein vorgeburtlicher Entschluss, etwas Förderliches für andere Menschen zu tun, hatte erstmals die Schwelle seines Bewusstseins überschritten.

Immer wieder gestanden sich Thomas und Peggy ein, dass sie mit ihrer beruflichen Tätigkeit alles andere als glücklich waren. Sie hatten aber keine Idee, wie sie aus dieser Tretmühle ausbrechen könnten, und vor allem wussten sie nicht, was sie stattdessen machen sollten. Da die Familie sehr wohlhabend war, hätten sie im Grunde sogar bis an ihr Lebensende dem Müßiggang frönen können. Aber das kam für beide nicht in Frage. Das entsprach nicht ihrem Charakter.

Eines Abends sagte Peggy: »Wie du weißt, hat mich mein Beruf als Erzieherin stets sehr ausgefüllt. Es war einfach ein gutes Gefühl, etwas für Kinder zu tun. Ich habe es aber längst aufgegeben, hier in Deutschland eine passende Anstellung zu finden. Die Tätigkeit in der Fabrik ist aber gewiss nicht das, was mich zufrieden macht. Um ehrlich zu sein, widert sie mich sogar ein wenig an.«

»Für mich war immer klar, dass ich eines Tages die Leitung der Fabrik übernehmen werde. Deshalb habe ich mir nie Gedanken über Alternativen gemacht. Glücklich macht mich dieser Job sicher nicht. Aber irgendwie glaube ich, dass ich der Familientradition verpflichtet bin.«
Die beiden schwiegen eine Weile, bevor Peggy fortfuhr: »Seitdem mir klar ist, dass ich keinen Job als Erzieherin mehr finden werde, habe ich häufig so ein diffuses Gefühl. Mir ist, als gäbe es irgendwo eine Aufgabe für mich – vielleicht sogar für uns – die auf mich wartet. Aber ich habe keine Ahnung welche Aufgabe wo auf mich warten könnte.«

»Ja, so etwas Ähnliches kenne ich auch. Allerdings habe ich diese Gedanken immer gleich verworfen, weil ich die Leitung der Fabrik schlecht aufgeben kann.«

An einem der folgenden Sonntage schlenderten die beiden durch die Münchener Innenstadt. Dort nahm Peggy einige Menschen wahr, die am Boden kauerten und um Geld bettelten. Je weiter sie gingen, desto mehr Bettler sahen sie.

»Das ist ja unglaublich! Da hocken ja Dutzende! Also, das kennen ich so von Sydney nicht. Was sind das denn für Leute?«

»Das sind Obdachlose, die fürs Überleben aufs Betteln angewiesen sind.«

»Obdachlose? Heißt das, dass sie kein festes Dach über dem Kopf haben? Wo schlafen die dann?«, wollte Peggy wissen.

»Nun, das ist sehr unterschiedlich. Im Sommer nächtigen die meisten auf irgendwelchen Parkbänken. In der kalten Jahreszeit suchen sie sich Brücken, Unterführungen oder Einfahrten, wo sie dann ihr Nachtlager aufschlagen.«

»Wie kann es eigentlich dazu kommen, dass Menschen in diesem reichen Land obdachlos werden?«

»Das kann leichter passieren, als man glaubt. Manche sind schon seit Jahren arbeitslos und können sich von den staatlichen Zuschüssen keine eigene Wohnung leisten. Das viel gerühmte soziale Netz ist nicht so engmaschig, wie man glauben könnte. Andere sind durch einen schweren Schicksalsschlag, etwa durch den Tod des Ehepartners oder eines Kindes oder durch Scheidung, aus der Bahn geworfen worden. Die meisten wären gar nicht mehr in der Lage, ein normales bürgerliches

Leben zu führen, selbst wenn sie das nötige Geld hätten. Einige wenige genießen sogar dieses Leben.«

»Gibt es denn nichts, was der Staat für diese Menschen tut?«

»Doch! Sie bekommen ja immerhin jeden Monat ein paar Hundert Euro. Außerdem gibt es Notunterkünfte und Obdachlosenheime, in denen sie zumindest etwas zu essen bekommen und manchmal auch übernachten können.«

»Warum schlafen dann viele auf Bänken oder unter Brücken, wenn es solche Heime gibt?«

»Nun, es gibt wohl viel zu wenig solcher Heime und die wenigen sind vermutlich überfüllt. Außerdem kann man immer wieder hören, dass die Bedingungen, die in diesen Unterkünften herrschen, nicht gerade anheimelnd sind.«

Peggy war ganz entsetzt und hatte tiefes Mitleid mit den bedauernswerten Zeitgenossen.

In der folgenden Nacht hatte Peggy einen Traum, der sie regelrecht aufrüttelte. Sie sah sich in diesem Traum inmitten einer Schar von Menschen, an die sie Decken und warme Suppe austeilte. Nach dem Aufwachen stand deutlich vor ihrem Seelenauge, was ihre Aufgabe ist. Sie musste den Obdachlosen helfen! Der vorgeburtliche Entschluss, sich für andere Menschen einzusetzen, wurde bis an die Schwelle ihres Bewusstseins gespült.

Beim Frühstück erzählte sie Thomas von ihrem Traum sowie ihrem Vorhaben, das sie erst ganz vage skizzieren konnte.

»Nun ja, Träume sind nicht immer Schäume! Diesen Traum solltest du vielleicht ernst nehmen.«

Am Abend hatten die beiden nur ein Thema: Was könnte Peggy für die Obdachlosen tun?

»Ich könnte ja einmal in einem der Heime nachfragen, ob die eine Aufgabe für mich haben. Vielleicht kann ich da mitarbeiten. Auf Geld sind wir ja nicht angewiesen, so dass ich es ehrenamtlich machen könnte«, schlug Peggy vor.

Nach kurzem Überlegen meinte Thomas: »Du solltest vielleicht in größerem Maßstab denken.«

»Was meinst du damit?«

»Nun, wie du weißt, steht eine große Halle auf dem Fabrikgelände leer. Du könntest da eine Küche einrichten und den Obdachlosen jeden Mittag ein warmes Essen anbieten.« Peggy war von der Idee sehr angetan.

Gesagt, getan! In den nächsten Wochen wurde alles Notwendige veranlasst. Man ließ eine Küche einrichten und Tische und Stühle aufstellen. Peggy reduzierte ihre Stundenzahl als Übersetzerin in der Fabrik und bekochte und bewirtete die Gäste.

Das Angebot sprach sich schnell herum. Schon nach wenigen Wochen kamen Tag für Tag einige Dutzend Obdachlose, um eine warme Mahlzeit einzunehmen. Da die Tafeln in München recht überfüllt waren, kam diese Möglichkeit gerade zur rechten Zeit. Peggy sammelte auch fleißig Altkleidung, die sie an die Bedürftigen verteilte. Thomas'

Mutter, die schon immer eine soziale Ader hatte, war Feuer und Flamme für diese Idee. Obwohl sie schon über siebzig Jahre alt war, half sie kräftig mit. Bis zu ihrem Tod im Jahre 2005 unterstützte sie Peggy in der Küche und hatte stets ein offenes Ohr für die Gäste.

Einige Monate später sagte Thomas: »Das ist wirklich ganz toll, was du da machst. Aber wir sollten das Ganze vielleicht noch größer aufziehen.« Peggy schaute ihn fragend an.

»Wir könnten ja die Fabrikhalle komplett umbauen. Wir könnten Schlafgelegenheiten, Duschkabinen, Aufenthaltsräume und dergleichen schaffen.« Peggy war hellauf begeistert. Beide überschlugen sich geradezu mit Ideen.

Thomas gab die Leitung der Fabrik, Peggy ihren Übersetzerjob auf, um sich mit ganzer Kraft der neuen Mission widmen zu können.

Nun musste Thomas nach einem geeigneten Nachfolger suchen. Als er schon der Personalabteilung den Auftrag geben wollte, die Stelle auszuschreiben, kam ihm plötzlich sein fünf Jahre älterer Cousin Franz-Josef Mayer in den Sinn. Dieser war schon seit mehreren Jahren in dem Unternehmen tätig. Obwohl er ein abgeschlossenes Hochschulstudium in Betriebswirtschaft vorweisen konnte, traute Thomas' Vater ihm nicht viel zu, so dass er ihm nur einen eher unbedeutenden Job in der Buchhaltung, deren Leiter er mittlerweile war, gab.

Thomas bot seinem Cousin an, die Leitung der Fabrik zu übernehmen. Hocherfreut nahm Franz-Josef Mayer das Angebot an. Er ging ganz in der neuen Tätigkeit auf und zahlte in der Folgezeit das in ihn gesetzte Vertrauen zurück.

Ein Jahr später heiratete er die Chefsekretärin Ulrike Freiberg, die jetzt also seine persönliche Sekretärin war. Die Eheleute Hausmann und Mayer freundeten sich mehr und mehr miteinander an und verbrachten auch hin und wieder gemeinsam ihre Freizeit.

Als Thomas Hausmann vor 300 Jahren als Jacques Lemaire verkörpert war, war Franz-Josef Mayer keine andere Persönlichkeit als Jeanne Lemaire, die Frau seines Bruders, die ihn damals nach seinem Sturz so liebevoll gesund gepflegt hatte. Auch Peggy fühlte eine große Sympathie zu Franz-Josef, wenngleich sie vermutlich nicht einmal im Entferntesten ahnte, dass er in früheren Zeiten ihr Ehepartner war.

In den folgenden Wochen und Monaten wurde alles in die Wege geleitet, was notwendig war.

Die nicht mehr benötigte Fabrikhalle wurde von Grund auf saniert und komplett umgebaut. Neben dem Essraum entstanden rund dreißig Zimmer, in denen im Durchschnitt drei Personen schlafen konnten, Aufenthaltsräume und eine kleine Parkanlage. Das dazu benötigte Geld stammte weitgehend aus dem Privatvermögen der Familie Hausmann, aber auch aus Spenden.

Das Angebot stieß auf große Resonanz. Da Peggy, Thomas, seine Mutter und Cindy, die in ihrer Freizeit auch kräftig mithalf, den großen Andrang nicht mehr allein bewältigen konnten, stellten sie noch zwei junge Damen ein, die sie dabei unterstützten.

Das Heim sowie das Engagement des Ehepaares Hausmann sprach sich schnell herum. Ein Journalist kündigte sich an, machte viele Fotos und ließ sich von Thomas und Peggy alles berichten. Der Artikel, den er schreiben wollte, sollte am übernächsten Tag in der Zeitung erscheinen.

Aus nicht bekannten Gründen wurde er aber erst zehn Tage später veröffentlicht.

Am Nachmittag des Tages, an dem der Artikel dann erschien, tauchte eine Dame mittleren Alters an der Anmeldung des Heimes auf, welche mit der Leitung sprechen wollte.

Thomas und Peggy waren beide zugegen und baten die Dame Platz zu nehmen und ihr Begehr zu äußern. »Mein Name ist Elisabeth Schwarz. Entschuldigen Sie, dass ich Sie so überfalle. Also, ich lebe am Bodensee und arbeite dort schon seit über zwanzig Jahren als Psychologin und Sozialarbeiterin. Vor ein paar Monaten ist mein Mann gestorben. Jetzt ohne ihn möchte ich nicht mehr dort bleiben, da mich alles an ihn erinnert. Daher habe ich mich beim Sozialamt in München beworben. Dort habe ich morgen einen Vorstellungstermin.

Heute Morgen ist mir dann im Hotel der Zeitungsartikel über Ihr Heim in die Hände gefallen. Das, was Sie hier leisten, hat mich derart begeistert, dass ich mir dachte: Fragen kostet nichts! Vielleicht kann man da eine Psychologin und Sozialfachkraft gebrauchen.«

Thomas und Peggy schauten sich nur kurz an, um dann fast wie aus einem Mund zu antworten: »Ja, wir können Sie in der Tat brauchen.« Innerhalb einer Stunde wurde alles fix gemacht.

Frau Schwarz löste in der folgenden Woche ihre Wohnung auf und zog in ein Apartment, das sich in einem der vielen Häuser der Hausmanns befand.

Vom ersten Tage an war sie eine große Hilfe. Insbesondere kümmerte sie sich um die behördlichen Angelegenheiten der Obdachlosen und sorgte dafür, dass sie ihre Arzttermine wahrnahmen. Darüber hinaus betreute sie die Gäste auch psychologisch. In vielen Fällen gelang es ihr sogar, sie von ihrem Alkoholismus zu heilen. Einigen hat sie so geholfen, dass sie wieder auf eigenen Füßen zu stehen lernten und ein eigenständiges Leben führen konnten.

Thomas, Peggy und Elisabeth wurden schon bald gute Freunde.

Elisabeth Schwarz war übrigens die Individualität, die im letzten Erdenleben die Schwester der Lemaire-Brüder war. Jetzt waren die Drei wieder vereint. Hätte Elisabeths Engel nicht dafür gesorgt, dass der Zeitungsartikel mit Verspätung erscheint, wäre sie auf ihn nicht aufmerksam geworden und hätte nicht zu ihrer neuen Aufgabe kommen können.

Thomas und Peggy hatten also zu einer Mission gefunden, die zu dem passte, was sie sich in ihrer vorgeburtlichen Zeit in der geistigen Welt vorgenommen hatten. Beide haben bis zum heutigen Tag die Gewissheit, die Aufgabe gefunden zu haben, die sie ganz erfüllt.

Auch ihre Engel sind sehr zufrieden.

Bei einigen der Menschen, die bei ihnen eine so liebevolle Heimstatt fanden, handelt es sich im Übrigen um Persönlichkeiten, die vor 300 Jahren bei Jacques und Claude vergeblich um eine milde Gabe baten und bisweilen sogar mit einem Knüppel vom Hof gejagt wurden...

Wenn Ihnen diese Erzählung gefallen hat,
so werden Ihnen die folgenden
desselben Autors
gewiss auch zusagen:

Eine Seele erzählt
aus dem Jenseits

eine spirituelle Biografie

© 2019 Justen, Josef F.

BoD – Books on Demand,
Norderstedt

ISBN: 978-3-7347-6045-7

Mein Engel
hat mich gerettet

Gespräche mit
meinem Schutzengel

© 2020 Justen, Josef F.

BoD – Books on Demand,
Norderstedt

ISBN: 978-3-7519-2497-9

Zeitreise durch meine früheren Erdenleben

Wie ich mein jetziges Leben verstehen lernte

© 2021 Justen, Josef F.

BoD – Books on Demand, Norderstedt

ISBN: 978-3-7534-9031-1

Umfassende Informationen mit ausführlichen Leseproben finden Sie auf der offiziellen Autoren-Website:

www.Justen-Buecher.com